Questionnaire de lecture

Document rédigé par Pierre Weber
Maitre en langues et littératures françaises et romanes
(Université catholique de Louvain)

La Peste

Albert Camus

lePetitLittéraire.fr

Albert Camus
Écrivain, dramaturge, essayiste et philosophe français

- **Né en 1913 à Mondovi (Algérie)**
- **Décédé en 1960 à Villeblevin**
- **Quelques-unes de ses œuvres :**
  - *L'Étranger* (1942), roman
  - *Le Mythe de Sisyphe* (1943), essai
  - *La Peste* (1947), roman

Français né en Algérie, prix Nobel de littérature, Albert Camus (1913-1960) est l'un des écrivains majeurs du XXe siècle. Intellectuel profondément engagé, philosophe, journaliste, dramaturge et romancier, il a marqué son temps par sa réflexion sur l'absurde, qui a trouvé chez lui une expression nuancée, sensible et humaine.

Largement admiré, parfois critiqué, Camus a trouvé un écho considérable dans le monde entier avec ses romans *La Peste* (1947) et, surtout, *L'Étranger* (1942). Il est mort prématurément en 1960 des suites d'un accident de voiture.

La Peste
Un roman chargé de symboles

- **Genre** : roman
- **Édition de référence :** *La Peste*, Paris, Gallimard, coll. « Folio classique », 1947, 288 p.
- **1re édition :** 1947
- **Thématiques :** épidémie, isolement, mort, chaos, menace, révolte

La Peste évoque les efforts du docteur Rieux et de quelques autres habitants pour enrayer une épidémie de peste qui frappe la ville d'Oran dans les années 1940. Ce roman paru en 1947 (premier grand succès en librairie pour l'auteur) marque une évolution importante dans l'œuvre et la pensée de Camus, puisqu'il rompt avec le cycle de l'absurde et inaugure celui de la révolte.

Pour aller plus loin dans votre étude de l'œuvre, consultez aussi :

- le commentaire de l'incipit de *La Peste*
- le commentaire de l'épilogue de *La Peste*
- la fiche de lecture sur *La Peste*

Découvrez également de nombreux autres documents téléchargeables en quelques clics sur lepetitlittéraire.fr !

QUESTIONNAIRE

1. Face à l'épidémie de peste, certains personnages font preuve de solidarité quand d'autres sont plus réticents à apporter leur soutien. Expliquez et exemplifiez.
   (10 lignes)

2. Décrivez l'action du personnage de Cottard du début à la fin du roman. Est-il un personnage positif ou négatif ?
   (7 lignes)

3. Décrivez physiquement, psychologiquement et socialement le personnage de Bernard Rieux.
   (10 lignes)

4. Joseph Grand est l'un des protagonistes du roman. À votre avis, son nom de famille reflète-t-il bien le personnage (physiquement, psychologiquement, etc.) ? Nuancez.
   (5 lignes)

5. En quoi le roman met-il en scène l'échec du christianisme face à un fléau comme la peste ?
   (10 lignes)

6. Historiquement, la peste n'a pas anéanti l'Algérie dans les années 1940. Albert Camus sous-entend que d'autres maux ont frappé les hommes et que l'épidémie doit être considérée comme un symbole. Quel évènement historique pourrait symboliser la peste ? Expliquez.
   (15 lignes)

7. Le roman souligne plusieurs aspects de l'absurdité de la condition humaine. Expliquez.
   (15 lignes)

8. Après avoir expliqué le mythe de Sisyphe, dites en quoi les protagonistes de *La Peste* peuvent être apparentés au personnage mythique.
   (10 lignes)

9. Face à l'absurdité de l'existence, les personnages de *L'Étranger* et de *La Peste* réagissent différemment. Expliquez.
   (15 lignes)

10. Quelle autre œuvre de fiction de votre connaissance (BD, chanson, cinéma, livre, série télévisée, etc.) peut être considérée comme « engagée » ? Expliquez.
    (10 lignes)

CORRIGÉ

1. Face à l'épidémie de peste, certains personnages font preuve de solidarité quand d'autres sont plus réticents à apporter leur soutien. Expliquez et exemplifiez.

   Certains personnages font preuve de solidarité et tentent de lutter contre le fléau. C'est le cas du docteur Rieux, qui se tue à la tâche et refuse de baisser les bras. Jean Tarrou, lui, se met au service de Rieux et prend part aux formations sanitaires mises en place par la ville. Raymond Rambert l'imite quand il comprend qu'il ne peut bénéficier des rares mesures d'exception qui lui permettraient de quitter la ville. Joseph Grand, employé à la mairie, accepte aussi de donner de son temps libre pour aider les médecins et les bénévoles.

   D'autres sont plus réticents à apporter leur soutien. Cottard, qui trouve une étrange satisfaction dans le malheur de ses concitoyens, profite de la situation en faisant de la contrebande. Le père Paneloux tente de donner un sens au fléau lors d'un prêche à la cathédrale : la peste est pour lui un avertissement de Dieu. Rieux n'y croit pas.

2. Décrivez l'action du personnage de Cottard du début à la fin du roman. Est-il un personnage positif ou négatif ?

   Cottard est assurément le personnage le plus négatif de *La Peste*. Coupable d'on ne sait quel délit, il a tenté de se pendre pour échapper à la justice au début du roman.

Il se réjouit de l'épidémie de peste : il trouve en fait une consolation à sa propre souffrance dans le malheur des autres. Il profite de l'isolement de la ville pour faire des affaires et vendre à prix d'or des denrées alimentaires de base. À la fin, il se met à tirer dans la foule depuis la fenêtre de son appartement. Il est finalement arrêté sous les yeux de Grand et de Rieux alors qu'il essayait d'échapper à la police.

3. Décrivez physiquement, psychologiquement et socialement le personnage de Bernard Rieux.

   Le docteur Bernard Rieux est âgé d'environ 35 ans et est physiquement banal (taille moyenne, nez régulier, cheveux noirs), de type méditerranéen. Son apparence reflète sa force de caractère et son assurance. C'est un homme exemplaire : honnête, juste, courageux, intelligent, actif, efficace et profondément bon. Fils d'ouvrier devenu médecin, il sacrifie ses intérêts personnels à ceux de la communauté. Son caractère évolue cependant : solitaire, voire taciturne, en début de roman, il s'ouvre progressivement aux hommes qui l'entourent (Grand, Tarrou) et développe certaines amitiés (l'épisode du bain de mer avec Tarrou en marque le paroxysme).

   Cet athée lassé du monde est obsédé par son travail (cette lutte quotidienne acharnée lui permet de ne pas céder au défaitisme) et s'efforce d'agir plutôt que d'essayer de comprendre l'origine du fléau.

4. Joseph Grand est l'un des protagonistes du roman. À votre avis, son nom de famille reflète-t-il bien le personnage (physiquement, psychologiquement, etc.) ? Nuancez.

L'allure générale de Joseph Grand reflète l'insignifiance et la faiblesse. Son nom, bien qu'il fasse référence à sa grande taille, est antinomique de ce point de vue. Sans grande ambition, il mène une existence tout à fait banale jusqu'à l'arrivée de la peste. Rieux le considère comme un de ces héros anonymes, généreux et voués au bonheur collectif, dont l'action discrète et la modestie font la grandeur (p. 140).

5. En quoi le roman met-il en scène l'échec du christianisme face à un fléau comme la peste ?

   Le père Paneloux s'empresse d'interpréter la peste comme un avertissement divin, et s'efforce de voir dans la mort d'un enfant innocent la volonté divine, suivant par là une logique du « tout ou rien » : « Il faut tout croire ou tout nier. » (p. 223) Rieux réfute le point de vue du père Paneloux : quel Dieu pourrait en effet ôter la vie d'un enfant innocent (le fils du juge Othon) ? Cet argument a ébranlé Paneloux dans sa foi et il est devenu plus hésitant.

   Son impuissance et l'inutilité de ses discours (il s'oppose par là à l'action modeste et discrète de Rieux) en font le symbole de l'échec du christianisme face à un fléau comme la peste. Le fatalisme actif qu'il prône (p. 225) ne le protège en rien contre la peste et son scepticisme face à la science (il refuse d'être examiné lorsqu'il tombe malade) le conduit tout droit à la mort.

6. Historiquement, la peste n'a pas anéanti l'Algérie dans les années 1940. Albert Camus sous-entend que d'autres maux ont frappé les hommes et que l'épidémie doit être considérée comme un symbole. Quel évènement historique pourrait symboliser la peste ? Expliquez.

Le moment de l'écriture (fin 1940-printemps 1942) et de la publication (1947) de l'œuvre invitent à considérer la peste comme renvoyant à la Seconde Guerre mondiale. Ainsi, Albert Camus était un écrivain engagé.

Des points de comparaison significatifs entre peste et Seconde Guerre mondiale sont établis dans le roman : tout d'abord, l'épidémie fait rage dans les années 1940 et cette date est suffisamment ancrée dans l'histoire de l'humanité pour que la référence soit claire. De plus, Oran est rapidement présentée comme une « ville fermée » (elle s'est construite en tournant le dos à la mer, ses portes sont condamnées dès la fin de la première partie) envahie par les rats puis par la maladie (le roman insiste sur le terme « invasion », p. 21 et p. 72). Cette situation fait ainsi référence à la France occupée par l'armée nazie qu'on appelait d'ailleurs « la peste brune » (en raison de la couleur des uniformes).

Le narrateur insiste aussi sur la parenté générale entre les deux fléaux : « Il y a eu dans le monde autant de pestes que de guerres. Et pourtant pestes et guerres trouvent toujours les gens aussi dépourvus. » (p. 42) Leurs conséquences sont d'ailleurs semblables : séparation des familles et des couples, fin du libre passage, population décimée, nivèlement social, méfiance généralisée, etc. En outre, le texte utilise de nombreux termes du lexique guerrier : « vie de prisonniers » (p. 77, p. 112), « interminable défaite » (p. 131), etc.

Suivant cette interprétation, les efforts du docteur Rieux et de ses amis font référence à la Résistance en France sous l'occupation allemande.

7. Le roman souligne plusieurs aspects de l'absurdité de la condition humaine. Expliquez.

   Tout d'abord, il faut noter l'absence de Dieu. Le point de vue chrétien est remis en cause à travers l'échec du père Paneloux, dont les discours fatalistes semblent inutiles et dérisoires. Son attente est vaine face au silence déraisonnable du monde.

   Ensuite, remarquons l'absence de passé et d'avenir. La mort (suivie de l'oubli) étant le seul horizon possible pour les hommes, leur obstination à se remémorer le passé et à planifier l'avenir semble vaine. De même, après quelque temps, les Oranais comprennent qu'ils sont coincés dans le présent.

   En outre, la raison est limitée. Pour l'homme absurde, la raison est le seul moyen qui permette de comprendre le monde, mais il sait pertinemment que cet outil est imparfait et que sa tentative est vaine. Dans *La Peste*, le narrateur insiste sur l'inutilité des mots et sur l'absurdité des chiffres. Les gens sont réduits à envoyer des télégrammes impersonnels et des lettres sans cesse recommencées dont les mots se vident de leur sens (p. 73).

   La solitude est également constitutive de l'absurde. L'homme absurde est seul face à un monde indifférent à ses plaintes. Dans *La Peste*, les personnages ne découvrent que progressivement la nécessité de vivre ensemble.

8. Après avoir expliqué le mythe de Sisyphe, dites en quoi les protagonistes de *La Peste* peuvent être apparentés au personnage mythique.

Coupable d'avoir osé défier les dieux, Sisyphe est condamné à faire rouler un rocher jusqu'au sommet d'une montagne. Le rocher finit toujours par rouler au bas de la montagne, la tâche se révèle donc impossible à accomplir. Sisyphe effectue ainsi un travail éternel et sans espoir. Pour Camus, ce personnage est l'ultime héros absurde.

Dans *La Peste*, presque tous les personnages principaux sont condamnés à répéter une action : Rieux semble vivre et revivre la même journée, passant d'un patient à un autre ; Tarrou bute sur les mêmes questions philosophiques ; Grand ne cesse de réécrire la même phrase tous les soirs ; Rambert est condamné à toujours recommencer les démarches qui doivent lui permettre de quitter la ville, mais son départ est toujours postposé ; les Oranais réécrivent sans cesse les lettres qu'ils envoient à leurs proches ou à leurs conjoints sans savoir si elles arrivent à destination ; chaque jour la ville compte et ensevelit ses morts sans savoir quand la peste prendra fin.

9. Face à l'absurdité de l'existence, les personnages de *L'Étranger* et de *La Peste* réagissent différemment. Expliquez.

Contrairement à *L'Étranger*, les personnages dépassent la simple acceptation de l'absurdité de l'existence dans *La Peste*. Rieux reconnait l'absurdité de sa condition, admet la probable vanité de son combat, mais refuse d'arrêter de lutter. Il adopte ainsi l'attitude de l'homme révolté que Camus défend dans son essai éponyme.

L'homme révolté refuse le suicide, car il résout l'absurde. Or l'absurde doit être maintenu puisqu'il pousse à agir. Se suicider, c'est abdiquer.

De plus, l'homme révolté est lucide. Il doit accepter en toute lucidité sa condition et ne pas recourir à un hypothétique Dieu pour le consoler ou le sauver. L'être rationnel qu'est Rieux refuse de recourir à des explications métaphysiques (superstition ou religion) pour comprendre le fléau. Il se base sur des certitudes acquises progressivement pour comprendre le mal et mieux le combattre (contrairement à son collègue le docteur Richard, p. 234).

En outre, l'action se passe au moment présent. Une fois l'homme libéré des contraintes d'un improbable futur, son action se fait plus audacieuse. Après avoir compris qu'ils doivent vivre sans savoir s'ils échapperont à la peste, les Oranais acceptent de risquer leur vie pour celle des autres : Grand, Tarrou, Rambert et d'autres suivent Rieux. Par ailleurs, ce dernier privilégie l'action (concrète et réfléchie) à la réflexion théorique.

Enfin, la solidarité et la complicité caractérisent l'homme révolté, qui échappe à la solitude (constitutive de l'absurde) en affirmant son appartenance à une communauté et en reconnaissant l'égalité entre les hommes. Rieux s'ouvre peu à peu aux autres et découvre l'amitié. D'emblée, il reconnait que la peste est l'affaire de tous et soigne indifféremment pauvres et riches, hommes et femmes, etc. À la fin, lors de l'arrestation de Cottard, il ne peut s'empêcher de voir en celui-ci une victime de la brutalité policière (p. 306).

La Peste marque donc une évolution capitale dans l'œuvre de Camus : il affirme la possibilité de résister à l'absurdité de la condition humaine par l'action et par la solidarité.

10. Quelle autre œuvre de fiction de votre connaissance (BD, chanson, cinéma, livre, série télévisée, etc.) peut être considérée comme « engagée » ? Expliquez.

De multiples réponses sont possibles en fonction de la culture de chacun.

Quelques exemples :

- *1984* (1949), roman de George Orwell (écrivain britannique, 1903-1950) ;
- *L'Attentat* (2005), roman de Yasmina Khadra (écrivain algérien de langue française, né en 1955) ;
- *Le Déserteur* (1954), poème de Boris Vian (écrivain français, 1920-1959) ;
- *Les Justes* (1949), pièce de théâtre d'Albert Camus ;
- *Paradise now*, film de Hany Abu-Assad, avec Lubna Azabal et Kais Nashif, 2005 ;
- *Pastorale américaine* (1997), roman de Philip Roth (écrivain américain, né en 1933) ;
- *Windows on the world* (2003), roman de Frédéric Beigbeder (écrivain français, né en 1965).

Gaudé
- La Mort du roi Tsongor
- Le Soleil des Scorta

Gautier
- La Morte amoureuse
- Le Capitaine Fracasse

Gavalda
- 35 kilos d'espoir

Gide
- Les Faux-Monnayeurs

Giono
- Le Grand Troupeau
- Le Hussard sur le toit

Giraudoux
- La guerre de Troie n'aura pas lieu

Golding
- Sa Majesté des Mouches

Grimbert
- Un secret

Hemingway
- Le Vieil Homme et la Mer

Hessel
- Indignez-vous !

Homère
- L'Odyssée

Hugo
- Le Dernier Jour
- d'un condamné
- Les Misérables
- Notre-Dame de Paris

Huxley
- Le Meilleur des mondes

Ionesco
- Rhinocéros
- La Cantatrice chauve

Jary
- Ubu roi

Jenni
- L'Art français de la guerre

Joffo
- Un sac de billes

Kafka
- La Métamorphose

Kerouac
- Sur la route

Kessel
- Le Lion

Larsson
- Millenium I. Les hommes qui n'aimaient pas les femmes

Le Clézio
- Mondo

Levi
- Si c'est un homme

Levy
- Et si c'était vrai...

Maalouf
- Léon l'Africain

Malraux
- La Condition humaine

Marivaux
- La Double Inconstance
- Le Jeu de l'amour et du hasard

Martinez
- Du domaine des murmures

Maupassant
- Boule de suif
- Le Horla
- Une vie

Mauriac
- Le Nœud de vipères

Mauriac
- Le Sagouin

Mérimée
- Tamango
- Colomba

Merle
- La mort est mon métier

Molière
- Le Misanthrope
- L'Avare
- Le Bourgeois gentilhomme

Montaigne
- Essais

Morpurgo
- Le Roi Arthur

Musset
- Lorenzaccio

Musso
- Que serais-je sans toi ?

Nothomb
- Stupeur et Tremblements

Orwell
- La Ferme des animaux
- 1984

Pagnol
- La Gloire de mon père

Pancol
- Les Yeux jaunes des crocodiles

Pascal
- Pensées

Pennac
- Au bonheur des ogres

Poe
- La Chute de la maison Usher

Proust
- Du côté de chez Swann

Queneau
- Zazie dans le métro

Quignard
- Tous les matins du monde

Rabelais
- Gargantua

Racine
- Andromaque
- Britannicus
- Phèdre

Rousseau
- Confessions

Rostand
- Cyrano de Bergerac

Rowling
- Harry Potter à l'école des sorciers

Saint-Exupéry
- Le Petit Prince
- Vol de nuit

Sartre
- Huis clos
- La Nausée
- Les Mouches

Schlink
- Le Liseur

Schmitt
- La Part de l'autre
- Oscar et la Dame rose

Sepulveda
- Le Vieux qui lisait des romans d'amour

Shakespeare
- Roméo et Juliette

Simenon
- Le Chien jaune

Steeman
- L'Assassin habite au 21

Steinbeck
- Des souris et des hommes

Stendhal
- Le Rouge et le Noir

Stevenson
- L'Île au trésor

Süskind
- Le Parfum

Tolstoï
- Anna Karénine

Tournier
- Vendredi ou la Vie sauvage

Toussaint
- Fuir

Uhlman
- L'Ami retrouvé

Verne
- Le Tour du monde en 80 jours
- Vingt mille lieues sous les mers
- Voyage au centre de la terre

Vian
- L'Écume des jours

Voltaire
- Candide

Wells
- La Guerre des mondes

Yourcenar
- Mémoires d'Hadrien

Zola
- Au bonheur des dames
- L'Assommoir
- Germinal

Zweig
- Le Joueur d'échecs

www.lepetitlitteraire.fr

ISBN version imprimée : 978-2-8062-6081-9
ISBN version numérique : 978-2-8062-3432-2
Dépôt légal : D/2014/12603/303

Conception numérique : Primento,
le partenaire numérique des éditeurs